Au Pays du Rougarou

A. Briotet

ISBN: 978-1-0993799-1-8

i

DEDICATION

This book is dedicated to anyone seeking to learn or to improve their knowledge of the beautiful French language.

iv

TABLE DE MATIÈRES

REMERCIEMENTS

Merci à mon mari et ma famille
de m'avoir soutenue et
aidée à essayer quelque chose de nouveau. Merci à
B. Jambor de m'avoir beaucoup aidée avec ce projet.
Merci à R. Jambor pour la couverture du livre. Merci
à tous les professeurs qui m'ont inspirée avec leurs
idées et leurs contributions à cette profession. Merci
à mes élèves qui m'incitent à toujours mieux faire.
Merci à TLI 5 de m'avoir inspirée à faire le premier
pas.

LE GRAND VOYAGE

Jean-Christophe a trouvé sa place dans l'avion. Il s'est assis lentement. Il a regardé par la petite fenêtre ronde de l'avion et il a souri. Il était content. Il allait étudier un an à la Nouvelle Orléans. La Nouvelle Orléans est une grande ville en Louisiane. C'est une ville unique parce que c'est une ville américaine avec beaucoup d'histoire et d'influence française.

Jean-Christophe adorait les films américains. Dans les films il a vu des grandes voitures et des magasins ouverts vingt-quatre heures sur vingt-quatre. Il voulait voir si les Etats Unis étaient comme dans les films.

Jean-Christophe aimait beaucoup de personnes. Il

aimait sa famille, il aimait ses amis, et il a aimé son ex-petite amie Caroline. Mais, Jean-Christophe avait un problème. La personne qu'il aimait le plus au monde[1] était lui-même[2]. Avant de penser aux autres, il pensait à lui-même. Quand il a parlé avec Caroline de son voyage, elle était triste. Elle était triste parce qu'elle aimait Jean-Christophe, mais elle ne voulait pas qu'il habite un an aux Etats-Unis sans elle. Mais Jean-Christophe n'était pas triste. Quand il lui a dit *au revoir,* il était content de voyager.

Jean-Christophe avait dix-sept ans. Jean-Christophe habitait avec sa famille à Nice dans le sud de la France. Nice est au bord de la mer, en Provence[3]. Il y fait toujours beau. Nice est la destination de vacances de beaucoup de Français et historiquement beaucoup d'Anglais aussi. Les touristes visitent cette ville parce que Nice a un bon climat et la mer est d'une couleur bleu azur. Nice est sur la Côte d'Azur[4].

---

[1] the most in the world
[2] himself
3 region in southeastern France
[4] also known as the French Riviera

Jean-Christophe était sûr qu'il allait aimer la Nouvelle Orléans. Il était content de sa décision. Il a passé une main dans ses cheveux, il a souri à nouveau, et il s'est préparé pour le voyage de sa vie.

Il était tard l'après-midi quand Jean-Christophe est arrivé à la Nouvelle Orléans. Avant de descendre de l'avion, il s'est regardé dans un miroir. Comme d'habitude, il se trouvait très beau. Il a mis ses cheveux bruns en place et il s'est levé lentement. Ensuite, il est descendu de l'avion.

Il a vu sa famille d'accueil[5] américaine tout de suite. Le père s'appelait David et la mère s'appelait Adelaïde. Ils étaient grands avec les cheveux bruns. Le père avait les yeux bleus, et la mère avait les yeux marron. Il y avait deux enfants aussi. Le garçon s'appelait Jean. Il avait quatre ans. La fille s'appelait Emeline et elle avait sept ans. Toute la famille a souri quand ils ont vu Jean-Christophe. Ils ont crié :

« Bonjour !!! »

La famille lui a parlé en français. Jean-Christophe

---

[5] host family

aimait leur accent cajun. Il a pensé que l'accent était charmant. Après, la famille lui a parlé très vite en anglais, et Jean-Christophe n'a pas compris. Dans sa tête il pensait : *Pourquoi est-ce que je n'ai pas fait plus attention dans le cours d'anglais ! La prof en France parlait lentement mais ici, les américains parlent super vite, et avec un accent très différent.*

Dans son lycée en France il a étudié l'anglais d'Angleterre. Aux États Unis, il avait l'impression que les américains parlaient vite. Ils ne prononçaient pas clairement. Par exemple, ils ne disaient pas « yes » mais « yeah » et pas « How are you doing ? » mais « how-ya-doin' ? » C'était un peu difficile.

Jean-Christophe est allé avec sa famille d'accueil à leur maison. Il a remarqué que les voitures étaient très grandes comme dans les films. Les voitures en France sont très petites parce que les routes en ville sont petites aussi. La famille n'habitait pas dans le centre-ville. Elle habitait plus dans la campagne. Ils sont arrivés à une grande maison blanche et grise après trente minutes. À la maison, Adelaïde lui a dit qu'ils allaient manger bientôt. Jean-Christophe était très content parce qu'il avait très faim après un long voyage.

Le soir, la famille a mangé un plat avec du poisson et des légumes comme une soupe. Le plat s'appelait « le gumbo ». La famille lui a expliqué que c'est un plat traditionnel de la Louisiane. Jean-Christophe était surpris. Il pensait que les américains mangeaient seulement des plats typiquement américains, comme les hamburgers et la tarte aux pommes, comme dans tous les films américains. Il a mangé le gumbo et il a pensé que c'était très bon. Il a dit à Adelaïde que c'était délicieux. Maintenant, il était très fatigué et il est allé dormir dans sa chambre. Demain était le premier jour de d'école et il voulait être en forme. Demain, il allait apprendre beaucoup. Il s'est couché et il s'est endormi en moins de deux secondes.

Jean-Christophe ne savait pas que ce voyage était important. Il ne savait pas encore qu'il allait apprendre une leçon importante pendant son séjour en Louisiane. Il ne savait pas encore que cette leçon allait changer le reste de sa vie.

LE PREMIER JOUR

Jean-Christophe s'est levé tôt. Il s'est habillé et il est descendu dans la cuisine. Quand il est entré dans la cuisine, il a vu Adelaïde. Elle faisait du café. Normalement, Jean -Christophe ne buvait pas du café, mais aujourd'hui il était très content d'en boire parce qu'il était très fatigué. Jean-Christophe a mangé un bol de céréales comme les deux enfants de la famille. Les enfants les dévoraient, mais il a trouvé les céréales très sucrées. Après, il est parti à l'école. Il a pris un bus pour aller en ville, et une fois en ville il a marché. Parfois l'architecture ressemblait à des vieux quartiers en France. Certaines rues avaient des noms français. Il ne faisait pas attention où il allait, et bientôt il ne savait plus où il était. Il a vu un couple devant un magasin. Il a décidé de leur demander la direction du lycée. La fille a regardé Jean-Christophe avec un air méchant. Elle portait une mini-jupe noire et un grand t-shirt bleu. Le garçon portait un jean bleu et un t-shirt blanc et de grosses bottes noires. Il avait un énorme tatouage[6] sur le bras. Le tatouage était d'un homme avec la tête d'un loup[7], comme un loup garou.[8] Jean-Christophe regardait tellement le tatouage qu'il a oublié sa question. Finalement, Jean -Christophe a dit :

- Excuse-moi, je regardais ton tatouage. Il est très intéressant, mais il est un peu moche aussi. Je vais au lycée ce matin, et je ne le trouve pas. Pouvez-vous me dire où est le lycée ?

Après quelques secondes de réflexion, le garçon a dit à Jean-Christophe :

- Si tu veux, je t'accompagne à l'école. Viens

---

[6] tattoo
[7] wolf
[8] werewolf

avec moi à moto.

Jean-Christophe a regardé sa vielle moto dans la rue. Il a regardé l'heure sur son téléphone et ensuite il a dit : « *oui* ». Pourquoi pas ? Il ne voulait pas être en retard le premier jour. Le garçon a regardé son amie et lui a dit :

-Nous allons faire un tour de moto qu'il ne va jamais oublier ! et il a ri fort avec la fille.

A ce moment-là, Jean-Christophe a compris qu'il avait pris une mauvaise décision d'aller sur une moto avec une personne qu'il ne connaissait pas. Il ne comprenait pas pourquoi ils étaient fâchés. Il pensait que normalement tout le monde l'adorait. Il lui a dit :

- Non, en fait, non... je préfère marcher.

Le garçon avec le tatouage lui a répondu :

Tu n'es pas d'ici, non ? Ah, le pauvre petit garçon ne sait pas où est l'école. Tu préfères marcher avec ta maman ? Qu'est-ce que tu penses, que nous allons au lycée aussi ? Nous n'avons pas ton âge mon petit...

Le garçon et la fille se sont regardé et ont ri encore une fois. Il a vu que Jean-Christophe regardait son tatouage. Il a continué :

- Tu aimes mon tatouage ? C'est le rougarou[9]. Si tu vas apprendre quelque chose ici, c'est qu'il est nécessaire de faire attention. Le rougarou n'est pas aussi sympa que moi.

A ce moment-là, un homme qui travaillait dans le magasin est sorti et a dit :

Léonie et Adolphe, ça suffit. Laissez ce garçon tranquille.

Léonie et Adolphe, sont montés sur la moto. Jean-Christophe a vu qu'il y avait aussi l'image du rougarou sur la moto. Les yeux du loup garou regardaient Jean-Christophe intensément. Le loup montrait ses dents et il y avait un peu de sang dans sa bouche. Jean-Christophe ne savait pas pourquoi Adolphe avait une image si terrible sur son bras et sur sa moto.

L'homme du magasin lui a indiqué la direction du lycée. Il voulait arriver à l'heure à l'école, mais surtout, il ne voulait plus voir le rougarou.

---

[9] werewolf in Cajun folklore

JULIE

Quand Jean-Christophe est arrivé au lycée, il était surpris parce que l'école était beaucoup plus grande que son école en France. Quand il a reçu la liste de ses cours, il était un peu confus parce qu'il avait les mêmes cours tous les jours du lundi au vendredi. À son école en France, il n'avait pas cours le mercredi. Jean-Christophe pensait que la semaine allait être très longue sans le mercredi libre[10].

Il aimait tous ses cours, mais il préférait le cours de français. Il avait ce cours le matin à huit heures et

---

[10] Wednesdays "free" or "off from school"

demie. La classe a commencé en prêtant serment au drapeau américain. En anglais on dit « The Pledge of Allegiance ». Il était intrigué parce qu'il n'y avait pas ce rituel chez lui, en France. Quand le professeur M. Dumont a présenté Jean-Christophe à la classe, tout le monde s'est intéressé à lui et voulait pratiquer le français. La classe lui a posé beaucoup de questions : *Comment est ton lycée en France ? Comment est ta vie ? Quelle musique écoutes-tu ? Sais-tu parler le cajun ?*

- Laissez-le tranquille classe, a dit le prof. Donnez-lui un peu d'espace, c'est son premier jour ! Tout le monde va avoir le temps de lui parler. Il y a longtemps, la Louisiane parlait français aussi. Aujourd'hui il y a toujours l'influence cajun. Classe, savez-vous d'où vient le nom *cajun* ?

Personne n'a répondu. Dans le silence, Jean-Christophe écoutait le bruit de la pendule en classe. Il voulait répondre, et il s'est demandé pourquoi il n'a pas fait plus attention dans son cours d'histoire américaine en France. Il a remarqué que la fille à côté de lui le regardait avec beaucoup d'attention. Il a remarqué qu'il y avait des élèves qui regardaient leurs téléphones discrètement sous leurs pupitres. En France, les élèves ne peuvent pas avoir de téléphone à l'école. M Dumont est allé devant la classe, et tout le monde a écouté :

- L'Acadie était le nom de la première colonie française dans le Nouveau Monde aussi appelée la *Nouvelle France*. Le territoire de la Nouvelle France était au Canada et aux États Unis, de l'est du Québec jusqu'à l'état de Maine, et il a montré une carte du Canada.

- Le nom *Cajun* est une évolution linguistique du nom *Acadien*. Les premiers acadiens de Louisiane s'appelaient *les Cadiens*. Après, le nom a changé. Alors, le nom est passé de *d'cadjain* à *cajun*. Le nom *Acadie* vient de la langue Miqmac[11] et veut dire *le pays de beaucoup*.

- Mais, M Dumont, a interrompu une fille aux cheveux noirs, Pourquoi les acadiens sont venus ici, en Louisiane ? C'est loin du Canada !

---

[11] North American people from Canada's Atlantic provinces.

- Bonne question, Hélène. Je suis content de voir que tu écoutes. C'est parce que la création de la première colonie française en Acadie était en 1604 par les explorateurs français Pierre du Gua de Monts et Samuel de Champlain. En 1713, la France a donné l'Acadie aux anglais. Les acadiens ont continué à y habiter jusqu'au 1755. Après, les anglais ont déporté les acadiens sur la côte est des États Unis dans les colonies anglaises. Le gouverneur britannique a expulsé les acadiens. C'était une expulsion difficile, et beaucoup de personnes ont souffert. Beaucoup de personnes sont mortes. Beaucoup d'Acadiens ont résisté à l'occupation de l'Acadie.

Hélène a encore posé une question :

- Qu'est-ce que les anglais voulaient des Acadiens ?

M Dumont a continué :

- Le gouvernement britannique voulait que les Acadiens prêtent un serment d'allégeance[12] à la Couronne anglaise[13], au roi Georges I. Mais, une

---

[12] take an oath of allegiance
[13] the English crown (Kingdom)

alliance avec les Anglais signifiait qu'ils étaient contre les Français. Aussi, il y avait beaucoup de différences entre les Acadiens et les Anglais. Les Acadiens étaient catholiques alors que les Anglais étaient protestants. Beaucoup d'Acadiens ont refusé une alliance avec les Anglais. Mais, la pression des Anglais était forte. Les Anglais ont déporté environ 11.500 Acadiens de la région. Beaucoup d'Acadiens sont allés dans l'état de la Louisiane. Les Acadiens ont développé ce que l'on appelle *la culture cajun.* Qui sait quand la Louisiane est devenue un état ?

Cette fois la jolie fille à coté de Jean-Christophe a répondu :

- En 1812. La Louisiane est le 18ème État.

Correct, Julie, a répondu M Dumont.

Jean-Christophe admirait Julie. Elle était très belle et très intelligente.

M. Dumont a montré une carte du monde et il a expliqué :

- En Louisiane, il y avait beaucoup de diversité culturelle. Il y avait des Français, des Acadiens déportés du Canada, des réfugiés de la Révolution

Française et des esclaves.[14] En Louisiane, il y avait aussi beaucoup de diversité linguistique comme le français, le cajun (qui ressemble au français des Acadiens du Canada), et le créole antillais[15]. Aujourd'hui, les Cajuns ne parlent pas exactement comme les Français. La langue cajun est unique. Ils ont des mots différents comme « un char »[16] qui signifie « une voiture ». Tu ne trouves pas que le cajun est différent du français de France, Jean-Christophe ?

- Oui, très différent, Jean-Christophe a répondu. Il a vu que Julie le regardait.

M. Dumont marchait dans la classe maintenant et disait :

- Les marais[17] sont célèbres et s'appellent *Les bayous de Louisiane*. Dans le bayou, il y a beaucoup d'alligators. Les Cajuns sont célèbres pour leur dévouement[18] à la religion catholique. Ils adorent aussi leur langue cajun, leur musique, et leur cuisine.

---

[14] slaves
[15] from the Caribbean
[16] a chariot (in modern French)
[17] the swamps
[18] devotion

Le désir de passer un bon moment avec des amis et de la famille a créé l'expression: *Laissez les bons temps rouler!* [19]

M. Dumont a continué à parler. À la fin du cours, tout le monde s'est levé. Ils sont allés à la porte à l'exception de Jean-Christophe et Julie. Jean-Christophe a décidé qu'il voulait parler avec elle. C'était difficile de se concentrer parce qu'elle était très belle. Elle avait les cheveux longs et bruns. Elle avait les yeux bleus. Jean-Christophe a marché à côté d'elle et les deux jeunes gens ont commencé à parler. Ils ont parlé de tout : de la Nouvelle Orléans, de Nice, de la musique, et de manger à midi ensemble. Jean-Christophe était content. Il a complètement oublié sa rencontre difficile avec Léonie et Adolphe. Il a oublié l'image terrifiante du rougarou.

---

[19] let the good times roll!

L'INVITATION

À midi, Jean-Christophe et Julie ont mangé dans la cafétéria de l'école. Ils ont parlé de leurs familles. Julie avait une petite famille. Elle n'avait pas de frères ni de sœurs. Elle avait un petit chien blanc qui s'appelait Milou, comme le chien de Tintin[20]. Jean-Christophe avait une petite famille aussi. Il avait une mère et une sœur. Il habitait dans un appartement. Il n'avait pas de chien. Julie lui a dit qu'il y avait une fête vendredi soir chez son ami Alain. Elle l'a invité à aller avec elle. Jean-Christophe était très content et lui

---

[20] one of the most popular European (from Belgium) comics of the 20th century.

a dit *oui* sans hésitation. Le reste de la semaine, il n'a pensé qu'à vendredi.

Vendredi après-midi, il est allé chercher Julie devant son casier[21]. Il n'avait pas de casier à son école en France, mais il avait vu les casiers dans les films américains. Il était content d'avoir un casier maintenant. Pendant qu'il attendait Julie devant son casier, il a pensé à la fête. Il avait déjà parlé avec sa famille américaine de la fête. Il pensait à la réaction de sa famille américaine.

La famille était contente de voir qu'il se faisait des amis. Mais la famille n'aimait pas une chose. Elle n'aimait pas que la fête soit chez Alain, près du bayou. Adelaïde lui a dit :

- Mais Jean-Christophe, tu ne peux pas aller à la fête ! C'est dangereux ! La fête n'est pas dans une maison. La fête est à l'extérieur, la nuit, près du bayou.

- Mais quel est le problème? a demandé Jean-Christophe.

---

[21] locker

Ses parents d'accueil se regardaient. Adelaïde lui a dit :

- Le rougarou habite dans le bayou.

Jean-Christophe a pensé à Adolphe et Léonie, le couple étrange. Dans sa tête, il a revu l'image du rougarou du tatouage et sur la moto.

- Qui est le rougarou ? Ce n'est pas un loup ? a demandé Jean-Christophe.

Adelaïde a expliqué :

- Le rougarou est une variation du nom *loup-garou,* ou *werewolf* en anglais. L'histoire du rougarou est une vielle légende très célèbre chez les Cajuns et dans toute la Louisiane française. Certaines personnes appellent le monstre *rougarou* ; d'autres l'appellent le *loup-garou.* La légende du rougarou existe dans les familles depuis de nombreuses générations. La légende vient de deux sources : directement des colons français en Louisiane et des immigrants canadiens français.

- Oui, a dit Emeline. Dans les légendes cajuns, on dit que la créature habite dans les marais de la Nouvelle Orléans. Le rougarou est une créature avec un corps humain et une tête de loup. Parfois, on l'appelle en anglais *le boogeyman* ou le *swamp monster*, ou le *muck monster*.

- Alors, il est nécessaire de faire attention à la pleine lune ? a demandé Jean-Christophe.

- Non, a répondu Emeline. Le rougarou est différent d'un loup garou normal parce qu'il ne change pas avec la lune.

- Comment est-ce qu'il se transforme s'il ne change pas avec la lune ? a demandé Jean-Christophe.

- Il choisit sa victime. Il choisit la personne qui a besoin d'apprendre une leçon. Il choisit la personne qui a besoin de changer, a répondu Adelaïde.

- Oui, mes parents m'ont toujours dit que si je ne les écoutais pas, le rougarou allait venir à la maison ! Jean-Christophe pensait à cette conversation avec sa famille quand il a vu Julie arriver. Il voulait aller à la fête. Il ne voulait pas écouter cette légende. Il ne voulait pas écouter sa famille. Il a décidé d'aller à la fête.

LAISSEZ LES BONS TEMPS ROULER

Jean-Christophe tenait la main de Julie à la fête vendredi soir chez Alain. Les deux jeunes gens étaient assis devant un grand feu avec d'autres amis de l'école. Tout le monde parlait. Alain a mis de la musique. Jean-Christophe était content, mais il pensait toujours à l'histoire du rougarou. Il a décidé de demander à Julie si elle connaissait la légende du rougarou. Quand il lui a demandé, elle a ri et a dit :

- L'histoire du rougarou est utile pour les Cajuns. Quand les parents veulent que les enfants écoutent, ils parlent du rougarou. Quand j'étais petite, mes parents m'en parlaient beaucoup. Ils parlaient du rougarou parce qu'ils voulaient que j'écoute et que je sois obéissante.

- Ah, donc c'est une légende pour les enfants ? a demandé Jean-Christophe.

Julie a expliqué :

- Oui, mais, la légende est aussi pour les adultes. Le rougarou est utile pour apprendre[22] le respect des autres personnes. Il est important d'être honnête et sincère. Mes parents me disaient que le rougarou cherche des personnes méchantes.

- Et les adultes pensent que la légende est vraie ?

- Oui, je pense. Le rougarou apprend aussi l'obligation religieuse. Selon la légende, le rougarou peut chercher des catholiques qui ne suivent pas les règles du Carême[23]. Le Carême est la période après Mardi Gras et avant Pâques[24]. Mes parents parlaient souvent de lui avant Pâques aussi.

- Tu crois en cette légende ? a demandé Jean-Christophe timidement.

---

[22] to teach
[23] Lent, (the period before Easter)
[24] Easter

- Bof, un peu je suppose, a-t-elle répondu. Elle a regardé Jean-Christophe pendant longtemps.

Jean-Christophe ne savait pas qu'Adelaïde avait raison. Il ne savait pas qu'on avait besoin d'être vigilant quand on était si près du bayou.

Le bruit a commencé lentement comme un peu de vent. Petit à petit, le bruit est devenu de plus en plus fort. Finalement, les adolescents à la fête ne parlaient plus, et la musique s'est arrêtée. Maintenant, tout le monde écoutait le bruit. C'était comme le hurlement[25] d'un gros chien. Non, comme le hurlement d'un loup. Qu'est-ce que c'est? a demandé Alain.

Tout le monde a regardé dans la même direction. En même temps, tout le monde a regardé vers la forêt. La forêt n'était pas loin du feu. Il faisait noir et il était difficile d'y voir. Tout le monde a vu qu'il y avait une forme qui marchait dans la forêt. Puis, cette forme, comme un fantôme, s'est arrêtée.

- Qui est là? a crié Alain.

La forme n'a pas répondu. Il y a eu un long

---

[25] the howling

silence. Ensuite, tout le monde l'a vu en même temps. Dans le noir de la forêt sont apparus deux grands yeux jaunes et rouges. Les yeux ont disparu et tout le monde a entendu le hurlement. Après, encore du silence, du silence pendant de longues minutes.

Ensuite, une branche dans la forêt a craqué. Tous les ados à la fête se sont levés. Ils sont partis en courant vers la maison. Jean-Christophe a couru avec Julie. Julie a trébuché, et elle est tombée. Jean-Christophe ne voulait pas attendre. Il a lâché sa main. Il a couru à la maison. Il ne l'a pas regardée, il ne l'a pas attendue. Quand tout le monde était dans la maison, Jean-Christophe a pensé à Julie. Il l'a vue et il lui a dit :

- Ah, tu es là ! Je suis content! Tu étais où ? Tu es tombée ? Tu as vu le monstre ?

Julie n'a pas regardé Jean-Christophe. Elle ne comprenait pas. Elle était fâchée et elle ne lui a pas répondu. Elle n'a pas aimé comment Jean-Christophe ne l'a pas aidée. Elle n'a pas apprécié comment il est parti sans elle.

Les amis ont parlé de l'expérience :

- C'est le rougarou, j'en suis sûr ! a crié Alain.

Tout le monde était inquiet.

- Qu'est-ce que le rougarou veut de nous? a demandé Jean-Christophe.

Il y a eu encore un moment de silence, et ensuite Alain a parlé :

- Le rougarou cherche la vengeance. Si une personne est méchante, si une personne n'est pas honnête, le rougarou cherche cette personne.

- Mais, pourquoi ? a demandé encore Jean-Christophe.

- Parce que le rougarou veut être une personne normale, a dit Alain. Le rougarou n'est pas un monstre pour le reste de sa vie. C'est un monstre pendant exactement cent un jours. Si le rougarou parle avec un humain, le rougarou peut confesser son secret et l'humain devient le rougarou. Ainsi, le rougarou est libéré, et il redevient humain. C'est ainsi que la malédiction[26] est transmise de personne à personne. Si le rougarou ne confesse pas, l'humain ne devient

---

[26] the curse

pas un monstre.

- Et comment est-ce que le rougarou choisit sa victime ?

- Le rougarou est une personne que tu connais dans ta vie. Mais, l'humain ne peut jamais parler du rougarou. S'il parle du rougarou, il va devenir le monstre. Alors, nous ne pouvons jamais parler de ce soir.

Tout le monde était silencieux. Jean-Christophe a demandé :

- Comment arrêter le rougarou d'attaquer alors ?

- La légende dit qu'il peut mourir seulement si on le brûle, a répondu Alain.

Les ados se regardaient mais ils ne parlaient pas. Jean-Christophe savait ce que tout le monde pensait : *Qui est-ce que le rougarou cherche ? Et pourquoi ?*

HOMECOMING

Quelques semaines plus tard c'était le week-end de Homecoming. Jean-Christophe se préparait. Il s'est regardé dans la glace. Il portait un costume noir avec une chemise blanche. Quand Adelaïde l'a vu, elle l'a embrassé sur les joues et lui a dit :

- Tu es très beau ! Amuse-toi bien Jean-Christophe, mais fais attention ce soir. Ne va pas près du bayou. Tu sais que c'est dangereux.

Jean- Christophe a beaucoup pensé à l'expérience avec le rougarou à la fête. Il n'a pas tout confessé à Adelaïde, mais Adelaïde savait que Jean-Christophe avait eu une expérience étrange. Parfois Jean-Christophe pensait que c'était une invention de son imagination. C'était comme au cinéma, comme un film de science-fiction ou un film d'horreur.

Il est allé chez Julie. Elle l'attendait à la porte. Les deux jeunes gens sont allés au restaurant. Ils allaient manger avec quatre amis. Les amis s'appelaient Benjamin, Sophie, Alain, et Jessica. Les quatre amis étaient au même lycée. Les quatre amis étaient aussi chez Alain le soir de la fête. Jean-Christophe et Julie sont arrivés à la table. Jean-Christophe a dit *bonsoir* à tous les amis. Il a regardé Sophie et Benjamin. Benjamin était un garçon très grand avec des cheveux noirs. Jean-Christophe pensait que Benjamin et Sophie étaient un couple très étrange. Ils étaient très différents. Benjamin était grand et bavard, mais Sophie était petite et timide. Jean-Christophe pensait que Sophie était magnifique ce soir. Elle portait une robe bleue. Il ne savait pas pourquoi elle était avec un garçon comme Benjamin.

Pendant le dîner, Jean-Christophe a beaucoup parlé avec Sophie. Julie avait l'impression que Jean-Christophe l'ignorait complètement. Elle n'était pas contente. Julie était très fâchée. Elle était si fâchée que son visage est devenu tout rouge. Elle a regardé Benjamin. Il était fâché aussi. Quand il était anxieux, il tournait la bague sur la main droite. Il avait une grosse bague[27] avec une fleur-de-lis.[28] La fleur-de-lis est un symbole très commun en Nouvelle Orléans. La fleur-de-lis représente l'histoire française des Acadiens. La fleur-de-lis représente les rois de France. Benjamin tournait la bague si vite que Julie pensait que la bague allait tomber de sa main.

Après le restaurant, ils sont allés danser. Jean-Christophe a demandé à Julie de danser, et elle a regardé le plafond avec impatience. Jean-Christophe lui a demandé :

- Pourquoi es-tu fâchée ?

Julie a répondu :

- Pendant le dîner tu as beaucoup parlé avec Sophie. Tu m'as ignorée. Je pense que tu préfères Sophie.

Jean- Christophe n'a pas eu le temps de répondre parce que Benjamin est arrivé et il voulait parler avec Jean- Christophe :

- Je vois que tu aimes beaucoup mon amie Sophie,

---

[27] a ring (jewelry)
[28] the lily flower, sometimes depicted as iris

Jean-Christophe. Je ne veux pas que tu lui parles.

- Si je parle avec elle, c'est peut-être qu'elle aime parler avec moi, non ? a insisté Jean-Christophe.

Le visage de Benjamin est devenu très rouge. Il tournait sa bague très vite. Il a dit :

- Non, Jean-Christophe, tu ne comprends pas. Sophie est avec moi. Arrête de flirter avec Sophie. Va-t'en maintenant ou tu vas avoir beaucoup de problèmes !

- Écoute Benjamin, je ne veux pas avoir de problèmes avec toi. Sophie n'est rien pour moi. Il y a beaucoup de belles filles. Je n'ai pas besoin de Sophie.

Benjamin a regardé Jean-Christophe méchamment. Jean-Christophe n'était pas bien. Il a eu la même émotion que quand il était à la fête chez Alain. C'était comme si le rougarou le cherchait, mais il ne savait pas pourquoi.

Jean-Christophe a marché vers la porte. Il avait besoin d' air. Il est allé dans la rue. Il a entendu un bruit. Il a vu une moto. La moto arrivait vite.

- Oh non ! s'est exclamé Jean-Christophe.

C'était Léonie et Adolphe, le couple méchant qu'il avait vu le premier jour d'école ! La moto s'est arrêtée devant lui. Les deux jeunes gens ont ri quand ils l'ont vu.

- Salut ! a crié Adolphe.

Jean-Christophe ne voulait pas regarder, mais il l'a vu. Le tatouage du rougarou. Le rougarou le regardait.

- Qu'est-ce qu'un petit garçon comme toi fait tout seul dans le parking ? a demandé Adolphe.

Jean-Christophe était fâché. Il a répondu :

- Elle est belle ta moto. Où est-ce que tu l'as trouvée ? Dans la poubelle ?

Adolphe a arrêté la moto et lui a dit :

- Quoi ? Qu'est-ce que tu as dit, imbécile ? Répète-moi ça !

Adolphe a conduit la moto vers Jean-Christophe. Jean-Christophe a sauté à droite. Il est tombé par terre. La moto ne l'a pas frappé. Adolphe est parti. Mais Jean-Christophe n'était pas seul. Il s'est retourné et il a vu Benjamin devant la porte avec un grand sourire.

PROBLÈMES AU PARADIS

Jean-Christophe n'a pas parlé de son expérience dans la rue après Homecoming. Il pensait beaucoup au rougarou, mais finalement il pensait que c'était son imagination. Il pensait que c'était une coïncidence. Il préférait penser à la belle Sophie.

Un jour, Jean-Christophe a invité Sophie à manger ensemble à midi. Il aimait passer du temps avec elle. Il pensait qu'elle était très belle. Les deux jeunes gens parlaient beaucoup. Jean-Christophe était un peu inquiet. Il ne voulait pas voir Benjamin. Il ne voulait pas avoir de problèmes. Jean-Christophe n'était pas bien. Il a eu la même émotion quand il était à la fête chez Alain. C'était comme si le rougarou le cherchait, mais il ne savait pas pourquoi. Jean-Christophe a regardé dans la cafeteria mais il n'a pas vu Benjamin. Mais il savait qu'il allait avoir des problèmes parce qu'il a vu Julie. Jean-Christophe est allé sous la table. Sophie ne comprenait pas. Elle lui a demandé :

- Qu'est-ce que tu fais sous la table ? Pourquoi tu es si bizarre ?

Quand Jean-Christophe a vu que Julie était partie, il est retourné à côté de Sophie et il a ri. Il lui a dit :

- Excuse-moi Sophie. Mon téléphone est tombé sous la table.

À ce moment exact son téléphone a reçu une notification. Son téléphone était sur la table. Jean-Christophe a regardé. Julie lui avait envoyé un texto :

Nous devons parler. Viens chez moi ce soir à 19h00.

Jean-Christophe n'était pas content. Les problèmes allaient commencer.

À 19h00, Jean-Christophe est allé chez Julie. Quand elle a ouvert la porte, Jean-Christophe a commencé à parler :

- Écoute, Sophie était ma partenaire de laboratoire.

Nous avons étudié et mangé ensemble. C'est tout.

Pendant qu'il parlait, Jean-Christophe a vu que son mensonge marchait.[29] Julie tombait sous son charme irrésistible. Quand il a fini son explication, Julie croyait à son innocence. Jean-Christophe pensait qu'il était le garçon le plus talentueux du monde.

Une heure plus tard, il marchait chez lui quand il a reçu une autre notification de son téléphone portable. Julie avait déjà envoyé un message : *Je t'adore.*

Surpris, Jean-Christophe a fait tomber le téléphone. Il ne l'a pas retrouvé toute de suite tellement il faisait noir. Il le cherchait quand il a entendu un bruit, comme un animal qui marchait à côté de lui. Il a trouvé le téléphone dans la rue, il l'a pris, et il s'est relevé lentement. Il a allumé la lumière de son téléphone et il a regardé dans la direction du bruit. Après il a entendu :

- Jean-Christophe, tu cherches des problèmes…

Il a vu deux petits reflets de lumière - des yeux peut-être ? Cet animal était grand, plus grand que

---

[29] his lie was working

Jean-Christophe. Il a pensé :

C'est le rougarou ! Cours !

Il voulait courir plus vite, mais il est tombé. Il a ressenti une vive douleur dans sa jambe. Il a pensé *:* *J'ai été mordu ?*[30]

Il a regardé à sa droite, et il a vu la main terrible du rougarou. La main avait des ongles longs et sales et beaucoup de poils comme un chien. Mais Jean-Christophe a vu un objet intéressant. Le rougarou portait une grosse bague sur la main droite. Jean-Christophe n'a pas eu le temps de regarder plus. Il a couru comme il n'avait jamais couru avant. Derrière lui, il a entendu le hurlement du rougarou.

---

[30] Have I been bitten?

UN RENDEZ-VOUS

C'était vendredi soir et Julie faisait du shopping au centre commercial pour Noël. Elle adorait faire du shopping. Elle avait fait du shopping pour toute sa famille, alors elle avait trois grands sacs de ses boutiques préférées. Julie était contente parce que les vacances arrivaient bientôt. Elle passait devant le cinéma. Il y avait beaucoup de personnes devant le cinéma, mais elle a vu deux personnes tout de suite. Elle a vu Jean-Christophe et Sophie.

Elle a marché silencieusement derrière Jean-Christophe. Jean-Christophe parlait dans l'oreille de Sophie. Julie était derrière Jean-Christophe. Elle voulait écouter ce qu'il disait à Sophie, mais elle n'a pas eu le temps. Jean-Christophe s'est retourné à ce moment et a vu Julie derrière lui. Surpris, il a dit :

- Julie ! Je peux expliquer…

- Ah, oui ? Dis-moi. Pourquoi est-ce que tu es au cinéma avec Sophie ? a-t-elle demandé.

- J'allais te téléphoner aussi. Maintenant. Et Sophie allait téléphoner à Benjamin. Nous voulions aller au cinéma tous ensemble. N'est-ce pas, Sophie ?

Sophie ne parlait pas. Elle regardait Jean-Christophe et Julie mais ne savait pas quelle explication donner. Sophie était anxieuse parce qu'elle a vu que toutes les personnes devant le cinéma regardaient cette scène étrange.

Julie n'a pas attendu d'explication. Les yeux de Julie sont devenus énormes, et rouges. Julie est partie en courant.

Jean-Christophe a couru après Julie. Elle allait au garage du centre commercial. Quand Jean-Christophe est arrivé au garage, Julie n'était pas dans le garage. Mais, il a vu qu'il y avait un autre problème. Il a vu qu'Adolphe était dans le garage. Adolphe l'a vu tout de suite. Il a ri et il a dit à Jean-Christophe :

- Pas possible! Encore toi ? Petit garçon, tu

cherches des problèmes.

Jean-Christophe a vu qu'Adolphe changeait de minute en minute. Ses cheveux avaient l'air plus longs, et il y avait des poils partout sur son cou et ses bras. Le tatouage du rougarou regardait Jean-Christophe avec les yeux menaçants[31]. Jean-Christophe ne pensait plus à Julie. Il pensait à se sauver. Il a couru vite dans le parking. Il ne savait pas où aller. Le garage était très sombre. Il a vite couru mais après quelques minutes il n'a plus entendu Adolphe. Dans un coin sombre du garage, il a vu la sortie. Jean-Christophe a pris son téléphone pour avoir de la lumière. C'est alors qu'il a entendu le bruit. Il n'était pas seul dans le noir. Il a pris son téléphone. Il a décidé de filmer avec son téléphone. Il entendait des pas s'approcher.

- Adolphe ? a-t-il demandé.

Personne n'a répondu.

- Julie ? a-t-il demandé.

Silence. Il a vu la porte pour sortir du garage. Il a

---

[31] menacing, threatening

marché lentement vers la porte. Quand il a mis sa main sur la porte il a entendu un bruit derrière lui. Avec son téléphone, il s'est retourné lentement. Il a vu des yeux rouges dans le noir. Il ne savait pas s'il devait rester ou s'il devait courir. Sa main tremblait. Son téléphone est tombé. Sans perdre une seconde, il a pris son téléphone. Il a crié :

- Au secours !

Jean-Christophe voulait ouvrir la porte, mais la porte était fermée. Maintenant, Jean-Christophe avait vraiment peur. Il a cherché une autre porte pour sortir du garage. Il a vu dans la distance une autre sortie, mais il s'est demandé : *Comment aller à la sortie si le rougarou est à côté de moi et je ne le vois pas ? Je ne sais pas où est ce monstre.*

Soudain, dans le noir, Jean-Christophe savait exactement où était le rougarou. À sa droite, il a vu les yeux rouges. Sans hésitation, Jean-Christophe a commencé à courir dans la direction de l'autre sortie. Il a ouvert la porte avec un coup d'épaule. Il a continué à courir. Il a couru au centre commercial. Quand il est arrivé dans le centre commercial où il y avait beaucoup de personnes, il s'est arrêté. Il a regardé la vidéo dans son téléphone. Il ne voyait rien ! Tout était noir. Il a regardé la vidéo une seconde fois. Quand son téléphone est tombé et il a crié : *Au secours !* il a remarqué quelque chose. Il a regardé une autre fois. Quand son téléphone est tombé, il est tombé à côté de trois objets. Jean-Christophe a regardé la vidéo deux fois de plus. Les objets ressemblaient beaucoup à des sacs de shopping. Rien d'extraordinaire. Jean-Christophe s'est demandé :

Peut-être que je suis fou ? Peut-être que j'ai tout imaginé ?

CARNAVAL

La ville de la Nouvelle Orléans se préparait pour l'un des plus importants événements de la Louisiane: le Carnaval de Mardi Gras. Quand Jean-Christophe est allé à l'école le matin, il a vu qu'il y avait beaucoup de personnes en ville. La Nouvelle Orléans est normalement une ville d'environ 350.000 habitants. Pour Mardi Gras, la ville triple de volume et dépasse un million de personnes dans les rues. Adelaïde et David ont dit à Jean-Christophe qu'il devait absolument y aller. David a expliqué :

- Il y a beaucoup de personnes en ville, mais c'est très amusant. Il y a beaucoup de personnes qui dansent jour et nuit dans les rues. Les maisons sont décorées aux couleurs officielles de l'événement : le vert, le violet, et l'or. Le vert représente la foi, le violet symbolise la justice, et l'or représente le pouvoir.

- Oui, je sais que Mardi Gras à la Nouvelle Orléans est célèbre, mais pourquoi ? a demandé Jean-Christophe.

Adelaïde a répondu :

- Mardi Gras est une fête unique ici parce que la Louisiane est toujours très attachée à la culture française. Le premier Mardi Gras en Louisiane a été organisé en 1699 en l'honneur du Cavelier de la Salle, l'explorateur français qui a donné le nom de la Louisiane à l'état.

Emeline a dit :

- Moi, j'adore Mardi Gras parce qu'il y a des défilés[32], des bals[33] et des galettes des rois[34]. J'adore la galette des rois !

- Quand est-ce que le carnaval commence ? a

---

[32] parades
[33] dances
[34] King Cakes

demandé Jean-Christophe.

Adelaïde a répondu :

- La fête commence bien avant le jour du Mardi Gras, et s'arrête le Mercredi des Cendres[35]. Après, il y a quarante jours de jeûne du Carême pour préparer la fête de Pâques. Mais la ville prépare Mardi Gras toute l'année. À la Nouvelle Orléans, les défilés sont organisés par des groupes nommés « krewes » qui sont des équipes. Ces krewes fabriquent des chars[36] et les décorent avec beaucoup d'attention. Ils travaillent sur les chars durant toute l'année. Il y a au moins un défilé par jour pendant le Carnaval. Un défilé a normalement trente chars, mais il y a des défilés qui en ont jusqu'à deux cents. Un char peut-être plus grand qu'une maison !

- Moi, j'adore faire une petite collecte d'objets jetés pendant Mardi Gras. Les krewes jettent des colliers de perles, des nounours en peluche, et des dublons, a interrompu Emeline. Je vais te montrer ma collection !

---

[35] Ash Wednesday
[36] parade floats

- Oui, Emeline, tu as une énorme collection, a répondu Adelaïde.

- Que sont les dublons ? a demandé Jean-Christophe.

- Ce sont les pièces de monnaie fictive du Carnaval, a expliqué David.

- Où est-ce que je devrais aller pour regarder le carnaval ? a demandé Jean-Christophe.

- Surtout au centre-ville, sur Saint Charles Avenue, Canal Street, et les rues du Quartier Français. Il est nécessaire d'acheter un masque pour le carnaval, et il y a de nombreux magasins au Marché Français[37] qui vendent de beaux masques de toutes les couleurs. Il y a de nombreux défilés à thème, de nombreux concerts, et tu peux manger des spécialités culinaires des Cajuns comme les huîtres[38], les écrevisses[39], le gumbo, le jambalaya, les crevettes à la rémoulade,

---

[37] The French Market is in the French Quarter of New Orleans. At first a Native American trading post predating European colonization, the market is the oldest of its kind in the United States.
[38] oysters
[39] crawdads, crayfish

l'okra, le tabasco ou   « la pacane » (noix de pécan).

Tu peux venir avec nous si tu veux, David a proposé.

- Non, merci, j'ai promis d'y aller avec une amie,
a répondu Jean-Christophe.

- Qui, Julie ? a demandé Emeline.

- Non, une autre amie.

- Une autre petite amie ? Tu en as beaucoup Jean-
Christophe, a dit Emeline.

- Emeline, tu ne demandes pas ça, a dit Adelaïde.

- Emeline, tu sais que tu es la fille préférée dans ma
vie,   a   dit   Jean-Christophe.   Emeline   était   très
contente.

MARDI GRAS

Depuis Noël, Jean-Christophe passait du temps avec Sophie. Il ne parlait plus avec Julie. Elle l'ignorait complètement. Le jour de Mardi Gras, Jean-Christophe et Sophie sont allés dans un magasin de déguisements pour acheter des masques de Mardi Gras. Pendant que Sophie choisissait son masque, Jean-Christophe regardait par la fenêtre. D'un coup, il a vu Julie passer. Elle a vu Jean-Christophe aussi. Jean-Christophe voulait dire *bonjour* mais Julie ne l'a pas regardé. Elle est partie avec ses amies dans les festivités. Jean-Christophe l'a regardée partir. Sophie est arrivée avec son masque et lui a demandé:

- Tu regardes qui?

Jean-Christophe a répondu:

- Non, personne. Je ne regarde personne.

Les deux jeunes gens ont acheté les masques et sont allés dans la rue.

Jean-Christophe adorait la fête de Mardi Gras. Il y avait beaucoup de personnes dans la rue, de la musique, et de bonnes choses à manger. Il regardait les chars passer. Les chars jetaient des perles aux couleurs de Mardi Gras. Un char lui a jeté des perles. Il les a regardées et il a remarqué qu'il y avait trois colliers différents. Ils n'étaient pas en plastique comme beaucoup des colliers de Mardi Gras. Ces colliers étaient différents parce qu'ils étaient fabriqués de vraies perles de l'océan. Ils étaient colorés. Ils étaient magnifiques. Ils avaient l'air très vieux.

Quand Sophie les a vus elle lui a dit :

- Oohh, ils sont magnifiques! Tu me les donnes ?

Jean-Christophe les a mis dans sa poche, et lui répondu :

- Non, ces perles sont pour moi.

Jean-Christophe avait faim. Il a vu des cafés dans la rue et a dit à Sophie qu'il allait chercher un sandwich. Il a commencé à marcher vers les cafés. Maintenant il écoutait la musique jazz de « *La Vie en Rose* » de Louis Armstrong. Jean-Christophe était devant un café célèbre pour ses beignets et son café chicoré. Il a vu Julie devant le café. Jean-Christophe s'est approché de Julie et il lui a pris la main. Jean-Christophe lui a dit :

- Julie, tu sais, tu es très spéciale pour moi.

Elle l'a regardé et puis elle a regardé ses perles de Mardi Gras.

- Oohh! elle s'est exclamée. Ces perles sont magnifiques!

Jean-Christophe les lui a données. Elle était contente.

- Oh, regarde ce char, comme il est intéressant ! s'est exclamée Julie.

Tous les chars étaient très joyeux avec des couleurs vives, mais ce char était mystérieux. Il passait en jouant une musique sombre et triste. Le char était noir avec des arbres morts. Sur le char, était le rougarou. Il ressemblait beaucoup au tatouage d'Adolphe. Jean-Christophe est devenu anxieux. Ce rougarou était bien fait, avec un déguisement très réaliste. Il semblait à Jean-Christophe que le rougarou ne regardait que lui.[40] Le loup était grand, beaucoup plus grand que Jean-Christophe, avec un corps humain recouvert de poils noirs, gris et marron. La tête du loup était féroce avec de grandes dents et des yeux horribles jaunes et rouges. Jean-Christophe était hypnotisé par le rougarou. Le rougarou regardait Jean-Christophe. Maintenant Jean-Christophe avait mal au ventre. Avec un mouvement rapide, le rougarou a pris un objet de son sac. Il l'a jeté avec beaucoup de force directement à Jean-Christophe. Jean-Christophe a ressenti une vive douleur à la tête. L'objet l'a frappé à la tête et il est tombé par terre. Il a entendu le rougarou rire. Jean-Christophe a trouvé que c'était un rire très familier. Quand est-ce qu'il a déjà entendu ce rire ? Il a pensé :

Qui est ce rougarou ? Adolphe ?

---

[40] was only watching him

C'est à ce moment que Jean-Christophe a vu que le rougarou portait une bague sur la main droite. Il a déjà vu cette bague avant. *Benjamin ? Est-ce possible ?*

- Ça va ? Tu as mal ? lui a demandé Julie.

Jean-Christophe a pris l'objet qui l'a frappé sur la tête. Il l'a regardé. C'était une tête de mort[41], une vraie. Jean-Christophe s'est retourné pour voir le rougarou partir lentement dans la rue sur le char. Il a remarqué avec horreur que le rougarou le regardait toujours avec ses yeux horribles.

---

[41] a skull

AU CLAIR DE LA LUNE

Un an a passé vite. C'était bientôt les vacances d'été et Jean-Christophe se préparait à rentrer chez lui, en France. Il n'avait pas revu Adolphe. Benjamin refusait de lui parler. Depuis Mardi Gras, Sophie refusait de lui parler. Jean-Christophe passait du temps avec Julie. Il n'a pas oublié la situation étrange du carnaval. Des fois, Jean-Christophe pensait qu'il avait tout imaginé.

Ce soir Jean-Christophe et Julie sont allés au cinéma. Quand ils sont arrivés devant sa maison, Julie a regardé Jean-Christophe et lui a dit :

- Demain je vais t'accompagner à l'aéroport.

- Ce n'est pas nécessaire, a répondu Jean-Christophe.

- Mais si![42] Je veux te dire au revoir.

Jean-Christophe était flatté. Il lui a dit :

- Oui, à demain alors.

Julie est rentrée chez elle, et de la fenêtre de sa chambre elle lui a dit au revoir avec la main.

Jean-Christophe marchait seul dans la rue. Il pensait à son voyage du lendemain. Il pensait à voir ses amis et sa famille en France. Il pensait à toutes ses expériences en Louisiane. Il a arrêté d'y penser quand il a entendu un bruit derrière lui. Jean-Christophe a marché plus vite, mais la personne derrière a marché plus vite aussi. Jean-Christophe a commencé à courir. La personne derrière lui a commencé à courir aussi. La personne derrière lui a mis sa main sur son épaule. Il a senti que la main avait des griffes[43] comme un chien. Jean-Christophe a tourné à gauche, mais l'animal a tourné aussi. Il a tourné à droite et l'animal

---

[42] yes, or "oui" used in French as a positive response to a negative question
[43] claws

a tourné aussi.

C'est le rougarou ! a pensé Jean-Christophe. *Mais je ne peux pas courir plus vite que lui !*

Jean-Christophe n'en pouvait plus.[44] Il était trop fatigué, alors il s'est jeté par terre. Jean-Christophe et le rougarou sont tombés ensemble dans la rue. Quand Jean-Christophe a relevé la tête il a vu les bras poilus du rougarou.

C'est bien bizarre , a pensé Jean-Christophe. Il a remarqué que l'animal portait un short noir et un t-shirt rouge, et des grosses bottes noires. L'animal s'était fait mal en tombant. Il tenait sa jambe droite et murmurait :

- Aie, aie…

Jean-Christophe s'est frotté les yeux et il a vu que ce n'était pas un animal. Ce n'était pas le rougarou. C'était Adolphe ! Jean-Christophe a crié, très fâché :

- Mais, que fais-tu Adolphe ?

- Quoi? Tu ne sais pas ce qu'est une blague[45] ? Tu as besoin de me jeter par terre et me faire mal ? Aide-

---

[44] couldn't take it anymore.
[45] a joke

moi, idiot ! Aide-moi à marcher jusqu'à ma moto. Elle est dans la rue.

Jean-Christophe a aidé Adolphe. Les deux jeunes gens ont marché lentement vers la moto.

- Excuse-moi, lui a dit Adolphe. Je pensais que mon idée était drôle. Maintenant, j'ai mal à la jambe.

Adolphe est monté sur la moto. Il n'y avait pas beaucoup de lumière dans la rue. Dans le noir, ils ont vu une personne. Elle portait un masque.

- Et ce masque de monstre est ton idée aussi ? C'est qui, ton amie Léonie ? a demandé Jean-Christophe en regardant dans la direction de la forêt noire.

Les deux ont regardé vers la forêt. Dans le noir, ils ont vu une tête de loup avec les yeux jaunes et rouges. Ils ont crié quand ils ont réalisé que ce n'était pas un masque, ce n'était pas Léonie, c'était la tête d'un monstre terrible — le rougarou !!

- Monte sur la moto ! a crié Adolphe.

Jean-Christophe s'est jeté sur la moto. Adolphe a démarré[46] la moto et les deux sont partis vite dans la

---

[46] started (as in a car, motorcycle)

nuit. Jean-Christophe a regardé derrière lui. Le rougarou est sorti lentement de la forêt. Il a marché dans la rue lentement. Il regardait Jean-Christophe, et il n'était pas content.

TOUT EST BIEN QUI FINIT BIEN...

Le lendemain, Jean-Christophe pensait que le rougarou était un rêve. Quand il est descendu dans la cuisine, Adelaïde préparait les enfants de la famille pour aller à l'aéroport. David a pris ses bagages et les a mis dans la voiture. Jean-Christophe a regardé tout le monde. David a demandé :

- Ça va ?

Jean-Christophe a fait signe que « oui » de la tête. Il a demandé :

- Oui, mais Julie ne vient pas ? Elle m'a dit qu'elle voulait venir aussi.

- Non, elle a téléphoné ce matin. Elle dit qu'elle ne vient pas parce qu'elle n'est pas en forme. Elle ne t'a pas téléphoné ?

Jean-Christophe était un peu confus. Il ne comprenait pas pourquoi Julie ne venait pas. Il ne comprenait pas pourquoi elle avait téléphoné à sa famille, mais pas à lui. Ce n'était pas normal. Il pensait que c'était très étrange. Il avait l'impression que son voyage en Louisiane était une légende. Une légende où il était difficile à faire la différence entre la réalité et l'imagination. Mais, il n'avait pas beaucoup de temps pour y penser. Il avait besoin d'aller à l'aéroport. Il a haussé ses épaules et il a pensé que ce n'était pas important. Il allait rencontrer d'autres belles filles. La vie continue. Jean-Christophe est parti avec la famille à l'aéroport.

À l'aéroport, Jean-Christophe a embrassé sa famille américaine. Il les a remerciés et il a leur a dit *au revoir* avec beaucoup d'émotion. Avant de prendre l'avion, Jean-Christophe a hésité. Il a regardé à droite et à gauche. Il ne savait pas pourquoi, mais il avait l'impression que quelqu'un le regardait. Il avait l'impression que quelqu'un le suivait. Il avait l'impression qu'il n'était pas seul. Il a regardé les autres passagers. Tout était normal. Il ne comprenait pas, alors, il a haussé ses épaules, et il est parti pour le long voyage chez lui.

ÉPILOGUE

Jean-Christophe était content d'être chez lui avec sa famille en France. Il était minuit et demi, et il ne dormait toujours pas. Il regardait son téléphone quand il a entendu un bruit à la fenêtre. *Qui frappait sur la fenêtre ?*

Il a éteint[47] la lumière. Il a marché lentement à la fenêtre.

C'est surement un de mes amis, a-t-il pensé. *Ou peut-être Caroline, mon ex, qui est contente que je sois revenu à Nice ?*

---

[47] turned off

Il a regardé encore par la fenêtre. Dehors, contre la lumière de la lune, il a distingué la forme d'un animal très grand, qui courait dans l'autre direction. L'animal s'est retourné pour regarder Jean-Christophe avec ses grands yeux rouges et jaunes horribles. Jean-Christophe a remarqué quelque chose d'étrange. Le rougarou portait des colliers de Mardi Gras. *Ce sont les colliers que j'ai donnés à Julie au carnaval. Pourquoi est-ce que...*

C'est à ce moment-là qu'il a tout compris. Il savait qui était le rougarou. En moins de deux secondes, aussi vite qu'il est apparu, le monstre a disparu.

Dans le noir, il cherchait l'interrupteur[48] à côté de la porte. Il se grattait beaucoup les bras . Quand sa main a touché l'interrupteur, il a remarqué que ses bras étaient beaucoup plus poilus que d'habitude. Sans allumer la lumière, il s'est regardé dans le miroir. Il était surpris parce qu'il a tout de suite vu des yeux jaunes qui brillaient dans l'obscurité. Il était horrifié parce qu'il pensait que rougarou était dans sa

---

[48] the light switch

chambre. Il a regardé derrière lui, mais il n'y avait personne dans sa chambre. Il a regardé dans le miroir encore une fois, très choqué. Jean-Christophe a crié :

- Mais alors, maintenant, le rougarou … c'est moi !

GLOSSAIRE

acadiens : from Acadie, Canada
accompagne : to accompany
à côté de : next to
adolescents (ados) : adolescents, teenagers, (teens)
air méchant : seemed/appeared mean, meanly
allumer : to turn on, light
apprendre : to learn
attendue : waited
aujourd'hui : today
au moins : at least
au secours : help!
autre : other, another
avait déjà parlé : had already talked to/ spoken with
avait raison : was correct, right
avait vu : had seen
 avion : airplane
azur : azure, a rich blue color
bague : ring (jewelry)
bayou : swamps in Louisiana
bete, la (noun) : the beast
blague : joke
bof : whatever
bras : arm
brillaient (briller) : to shine

bruit : noise
buvait : was drinking, drank (verb-boire)
campagne : country
Carême : lent
casier : locker
chars : parade floats
charmant : charming
chercher : to look for
chicoré : chicory
confus : confused
choqué : shocked
chose : thing
clairement : clearly
coin de la rue : corner of the street
colliers : necklaces
colonie : colony
colons : colonists
compris : understood
confessé : confessed
connaissait : knew (verb-connaître)
corps : a body
courant (en courant) : running
cours : class, school subject
ne croyait pas ses yeux : couldn't believe her eyes
dangereux : dangerous
demain : tomorrow
dents : teeth
défilé : parade
dépasse : exceeds
déporté : deported
dévoraient : were devouring
dévouement : devotion

discrètement : discreetly
disparu : disappeared
école : school
en moins de : in less than
ensuite : next, then
épaule : shoulder
étrange: strange
être en forme : Be in good shape
environ : around, approximately
envoyé : sent
exception (à l'exception de) : except, excluding
ex- petite amie : ex girlfriend
expulsé : expulsed, sent out
expulsion : an expulsion, a sending out
exterieur : outside
esclaves : slaves
fâchée : angry
famille d'accueil : host family
fantôme : a phantom, ghost
fatigué : tired
fête : party
feu : fire
fictive : fictitious/ fake
flatté : flattered
flirter : to flirt
fois : time (une fois=one time)
forme : a shape
forte/fort : strong
fou : crazy
frapper : to knock
frotté : rubbed
grattait : was scratching

habiter : to live
haussé ses épaules : shrugged his shoulders
honnête : honest
horrifié : horrified
hurlement : the howling
ici : here
inquiet : worried
interrompu : interrupted
intensément : intensely
jeûne : fasting
krewes : teams/associations that build Mardi Gras floats
lâché : let go of
laissez ce garçon tranquille : leave him alone
leçon : lesson
légumes : vegetables
lendemain : the next day
libéré : free
longtemps : a long time (ago)
loup : wolf
loup garou : werewolf
lumière : light
lune : moon
lycée : high school
magasin : a store
malédiction : curse
marais : swamps
matin : morning
même : same
méchant/méchante : mean
méchamment : meanly
mer : sea

montrait : showed
mortes/morts : dead
moto : motorcycle
mots : words
n'est-ce pas : right ?
nounours en peluche : stuffed teddybear
obéissante : obedient
obscurité : darkness
ongles: fingernails
oublier : to forget
par terre : on the ground
parfois : sometimes
pas : footsteps
pays : land, or country
perdu : lost
perles : pearls, or beads
peut-être : maybe
pleine lune : full moon
poche : pocket
poils : hair, fur
poisson : fish
portait : was wearing
poubelle : trash
place : place, or here refers to seat
près de : close to
pression : pressure
prêtent un serment d'allégeance : take an oath of allegiance
prononçaient : pronouncing (verb- prononcer)
quartiers : neighborhoods
quelques : a few
quelque chose : something

réfléchir : to reflect, think about
réfugiés : refugees
reçu : received, got
remarqué : remarked, noticed
remercié : thanked
rencontrer : to meet
ressemblait/ressemblaient : resembled
ri (il a ri): laughed
riaient : were laughing, laughed
rougarou : werewolf in Cajun legends
sales : dirty
sang : blood
s'est jeté : threw himself
séjour : a stay somewhere, a trip somewhere
seul: alone
somber : somber, dark
sortie : the exit
souffert : suffered
sourire : smile
sucrées : sugary
texto : test message
transmise : tranferred
trébuché : tripped, slipped
leçon : lesson
reçu (il a reçu) : he received
redevient : becomes once again
ressenti une vive douleur : felt a great pain
rêve : a dream
rues : streets
sacs : bags
se sauver la vie : save his own life
s'est assis : sat down

s'est couché : went to bed
s'est endormi : fell asleep
somber : dark, somber
sud : south
sûr : sure, certain
surtout : above all
souriait : was smiling, smiled
suivait : was following
talentueux : talented
tatouage : tatoo
tellement : so much
tête de mort : a skull
terrifiante : terrifying
territoire : territory
tout de suite : right away
tout le monde : everyone
transmise : transmitted/transferred
trébuché (trébucher) : she tripped/stumbled
typiquement : typically
unison : in unison, all together
utile : useful
vent : wind
vieux : old
vigilant : vigilant, on the lookout for
visage : face
voitures : cars
vraie : real, true
yeux : eyes

À PROPOS DE L'AUTEUR

A. Briotet has extensive experience teaching French in high school. She has undergraduate degrees in French literature, English, and Spanish. She has graduate degrees from the Université de Montpellier and the Université de Perpignan, France, and is National Board Certified in French. Over the years she has found that students learn best through reading stories and storytelling. She speaks French at home with her husband, children, and corgi.

Made in the USA
Monee, IL
29 May 2021

69802473R00046